S0-BEB-610

Ballesteros, Adriana, 1963-
    El reino sucio y Viceversa / Adriana Ballesteros ; ilustradora
Mónica Peña. -- Bogotá : Panamericana Editorial, 2016.
    68 páginas : ilustraciones ; 20 cm.
    ISBN 978-958-30-5232-3
    1. Cuentos infantiles argentinos 2. Cuentos de hadas
3. Conservación del medio ambiente - Cuentos infantiles I. Peña,
Mónica, ilustradora II. Tít.
I863.6 cd 21 ed.
A1533379
        CEP-Banco de la República-Biblioteca Luis Ángel Arango

El reino sucio y Viceversa

Primera edición, agosto de 2016
© 2016 Adriana Ballesteros
© 2016 Panamericana Editorial Ltda.
Calle 12 No. 34-30, Tel.: (57 1) 3649000
Fax: (57 1) 2373805
www.panamericanaeditorial.com
Tienda virtual: www.panamericana.com.co
Bogotá D. C., Colombia

Editor
Panamericana Editorial Ltda.
Edición
Luisa Noguera Arrieta
Ilustraciones
Mónica Peña
Diagramación
Martha Cadena, Jonathan Duque

ISBN 978-958-30-5232-3

Impreso por Panamericana Formas e Impresos S. A.
Calle 65 No. 95-28, Tels.: (57 1) 4302110 - 4300355. Fax: (57 1) 2763008
Bogotá D. C., Colombia
Quien solo actúa como impresor.

Impreso en Colombia - *Printed in Colombia*

Cuentos del reino

El reino sucio y Viceversa

Adriana Ballesteros

PANAMERICANA
E D I T O R I A L
Colombia • México • Perú

Cómo comienzan estas historias

El reino sucio y Viceversa

Al pie de la gran montaña, junto al lago, se encontraba el pueblo de Villazul. Sus habitantes llevaban una vida apacible y feliz; araban los fértiles campos, apacentaban las ovejas y celebraban las fiestas.

Esa tarde estaban todos muy ansiosos porque recibirían a la nueva familia real, y en la noche llegaron los Delasombra: el rey brujo, su esposa Sombra Espesa y el joven príncipe Gris.

—Qué lástima ¡qué feo lugar! —dijeron al ver las aguas límpidas y los campos verdes.

—¿Cómo pueden vivir de esta manera? —se preguntó la reina—. Ya lo vamos a mejorar —prometió feliz.

Lo primero que hicieron fue cortar los molestos árboles y sobre la tierra árida —¡así se ve mejor!— construyeron un gran y lóbrego castillo.

—¡Maravilloso! —festejó el príncipe.

Y como eran unos reyes muy generosos, decidieron embellecer el pueblo entero, arrojaron basura al lago hasta que ya no fue azul sino verde sucio y cubrieron las calles con cáscaras, piedras y papeles.

Pero por alguna razón, los vecinos no estaban contentos y comenzaron a protestar.

—¿Qué les sucederá? —preguntó el rey.

—No lo sé —dijo la reina— pero pronto se pondrán felices con la buena nueva, ¡habrá un nuevo integrante en la familia!

Esa primavera nació la princesita Viceversa. Desde pequeñita demostró ser muy traviesa; a veces no hacía caso, otras obedecía al revés, en los días de sol no quería dormir y se negaba a salir en las noches de tormenta.

—Saluda a la abuela como te enseñamos, con un mordisco —le pidió un día la mamá y ella de puro traviesa le plantó un sonoro beso a la gran bruja que enojada protestó:

—En mis tiempos los niños hacían caso a sus mayores.

Esta frase enojó tanto a la reina, que su cutis verde se volvió rosado de la rabia.

—Lo que pasa es que Viceversa tiene mucha personalidad —defendió a su niña—. Pero pronto aprenderá.

Sin embargo, los días pasaban y la princesita no corregía su manera de ser. Pasó el tiempo y un buen día Viceversa cumplió 15 años. Si bien no tenía el cutis verde de su abuela, tenía el rostro blanco como la Luna y sus rizos oscuros como la noche, le sentaban muy bien.

Una tarde sus padres le pidieron que arreglara el jardín y ella, siempre fiel a su extraño estilo, en lugar de cubrirlo de polvo seco, lo llenó de flores rojas.

Cuando la reina vio lo que había hecho no rabió ni se enojó, se puso tan triste que se sentó a llorar... Ahora sí que no podría cumplir su sueño, ella ansiaba obtener el premio al reino más horrible, pero por alguna razón, nunca se lo daban y eso que ponía todo su empeño, sus calles eran las más sucias, los árboles los más marchitos y su lago el más negro. ¿Qué estaría haciendo mal? Pero ahora con el jardín así... cubierto de esas espantosas rosas, ¡no se lo darían jamás!

—La culpa es suya porque nunca han corregido a la chica —recriminó la abuela—. Ya es una jovencita, ¡debería aprender a comportarse!

La reina se sintió muy mal por tener que darle la razón, pero pensó que tal vez no era demasiado tarde.

—Nos iremos a los pantanos negros unos días. Pero tú no vendrás con nosotros —comunicó muy enojado el rey a la princesa—. Ya eres una dama y un buen día serás reina. De modo que te quedarás aquí y en nuestra ausencia te ocuparás del reino, mezclarás y esparcirás la basura, arrojarás pintura y aceite al lago, dejarás las luces encendidas..., en fin harás lo que hay que hacer.

Viceversa se quedó sola y con muchas ganas de portarse bien, no le gustaba ver llorar a su mamá, pero por más que se esforzó, le salió todo al revés: puso los papeles de un lado, los vidrios del otro, usó las cáscaras para fertilizar la tierra, guardó las pilas en botellitas de plástico y las tapó.

El reino comenzó a florecer, los campos se pusieron verdes. Los vecinos felices comenzaron a festejar.

Cuando la familia Delasombra llegó y vieron su reino gris y maloliente en ese estado, casi se desmayan.

El rey abrió la boca para gritar con todas sus fuerzas.

El príncipe le sacó la lengua a su hermana y la reina ya estaba a punto de llorar, cuando de pronto un ruido de trompetas los sorprendió.

—Son los miembros de la comitiva de todos los reinos —reconoció asombrada la reina.

—Reina Sombra Espesa —dijo un hombre con peluca— tenemos el agrado de entregarle este premio. Su reino ha sido elegido como el más bonito y ejemplar.

La bruja se quedó muda del asombro y la emoción.

—Siga así… — siguió el hombre de la peluca— y va a ganar todos los años.

Desde ese día el reino fue siempre el más bello, próspero y limpio de la región. Los aldeanos agradecieron a los reyes y viceversa.

Perdón, quise decir, los aldeanos agradecieron a los reyes y a Viceversa también.

El domador de viento

Villazul era un pequeño reino igual a todos. Tenía una larga calle principal llena de negocios, casas con jardines repletos de flores, más allá los huertos rebosantes de trigo, tomates y alfalfa. Y en cada esquina había un dragón que encendía las chimeneas durante el invierno. Un lugar como cualquier otro, pero pronto dejaría de serlo.

Un lunes de otoño llegó un joven con muchos rulos y anteojos grandes.

—Soy Macario, el inventor —se presentó sonriente. Llevaba en sus manos un aparato lleno de aspas y de ruedas—. Quiero mostrarles mi "domador de viento".

Los vecinos se miraron intrigados.

—De donde yo vengo sopla el ciclón —continuó el joven—. Un viento sin amigos que ruge y derriba todo a su paso, no es un buen viento, pero si se doma puede ser muy útil —con entusiasmo agregó—: ¿Lo enciendo?

El rey Delasombra lo miró torcido.

—Mijito… a ver si entiendo. ¿Usted pretende vendernos viento?

Otras veces habían llegado al reino granujas y aventureros, pero ¿un vendedor de viento? ¡Era el colmo! Los vecinos se miraron entre sí y antes de que Macario pudiese responder lanzaron una carcajada rotunda y general.

El joven subió a su carromato y se marchó muy desilusionado.

Pero hubo alguien que no se rio: Viceversa, la joven princesa del lugar.

Tiempo después llegó el invierno y con él, el frío. La gripe corrió por el aire, en busca de gente, pero no se detuvo en las personas sino en los dragones. Todos enfermaron y se quedaron sin fuego. Debían permanecer en las cuevas hasta sanar.

Y ahora, sin el soplido mágico… ¿cómo encenderían las chimeneas?

Los vecinos se reunieron en la plaza a buscar una solución.

—Debemos talar los árboles —dijo el rey.

—¡Si hacemos eso nos quedaremos sin bosque! —advirtió la abuela Sol.

—Y nosotros ya no queremos eso ¿verdad? —le preguntó el rey a su esposa.

—¡Claro que no! —afirmó la reina acomodándose su vestido negro—. Gracias a nuestra hija Viceversa, hemos cambiado algunos gustos…

—¿Y si probamos el invento del joven? —propuso entonces la princesa.

—¡Ay hija! —exclamó su padre—. Admito, como dice tu madre, que nos has dado muchos consejos interesantes, pero en este caso no tienen sentido tus palabras. Esa máquina es una gran tontería.

¡Nada qué hacer! Al día siguiente a las 6 de la mañana, Viceversa se despertó con el ruido de hachas afilándose.

Y ya no dudó, eludió a la guardia, montó su caballo y partió. Halló el carromato a la vera del río.

—Está abierto —le contestó una voz.

—¡Qué tibio está aquí! —Se sorprendió la princesa al abrir la puerta. Macario trabajaba con una curiosa cajita. A su lado tenía una cesta con mandarinas.

—No me sale, no me sale —mascullaba mirando las frutas.

Tan concentrado estaba en su labor que no notó la presencia de la jovencita.

—Ejem —carraspeó ella.

—¡Oh, disculpa! No quise ser descortés. Es que…

—¡Está bien! —lo interrumpió angustiada— ¡necesitamos urgente tu ayuda! ¿Estás muy ocupado?

—No, le enviaba una carta a un amigo.

Viceversa vio con los ojos agrandados, cómo el mensaje desaparecía de la cajita.

—Le pido su consejo, porque aunque lo intento, no logro hacer algo tan perfecto como esto —le explicó levantando una de las mandarinas.

"¡Para eso están los árboles!", pensó la princesa pero no lo dijo, en cambio exclamó:

—¡De modo que eres mago!

—No —negó el joven— soy inventor.

—¿Acaso no haces aparecer cosas que antes no estaban? —Viceversa señaló la extraña cajita.

—Sí.

—Pues entonces, eres un mago. —Y antes de que el joven pudiese retrucar añadió—: ¡Por favor ayúdanos! Se enfermaron los dragones, y sin calor, los niños en la escuela tendrán mucho frío.

Macario llamó entonces al viento que movió las aspas de su creación, más y más fuerte.

Esa mañana los chicos y las maestras se sorprendieron gratamente al comprobar la tibieza del lugar.

—Se lo debemos al mago —les dijo la princesa.

—¡El inventor! —corrigió el muchacho.

Al cabo de unos días todos los hogares estuvieron tibios. El rey ofreció disculpas al joven.

—¿Cómo podremos recompensarte?

—Pues…, me gustaría quedarme aquí y trabajar en el reino —contestó Macario y lanzó

una mirada a Viceversa—. Claro que… si uste-
des aceptan.

—Sí, aceptamos —se apresuró a decir la
princesa.

Desde ese día Macario, con ayuda del viento, inventó para todos miles de objetos: som-
brillas para el frío, máquinas para hacer ricos
cafés, ahuyentadores de mosquitos y muchas
cosas más. Lindísimas todas, pero —suspira-
ba— nada tan anaranjado, tan perfumado, tan
perfecto como una mandarina.

Sin lurias, sapos ni dragones

Llegó el verano a Villazul y con él las ganas de bañarse en el río y comer helados. Junto con el calor, también llegaron algunos diminutos inconvenientes: el jardín de don Rigoberto se llenó de hormigas; la cocina de Filomena, de cucarachas y las plazas, de mosquitos.

Pero, sin duda, lo más calamitoso fue la llegada de las lurias. Nadie sabe con exactitud cómo son las lurias, se sabe sí, que son diminutas y que solo salen de noche. Algunos dicen que tienen alas transparentes y 36 patas de cada lado, otros que no tienen alas, pero sí antenas y que son de color verde como los grillos.

Pero lo que nadie ignora, es lo que hacen las lurias, ellas cambian de lugar algunas cosas.

No vayan a creer que hacen desaparecer llaves o botones, cualquiera sabe que eso lo hacen los duendes. Ellas, por alguna razón, prefieren los objetos peludos.

El primero en notar la invasión fue Much, el gato de la abuela Sol. Un día amaneció de color blanco, lo cual no sería extraño, si no fuera porque él era un gato gris.

Pero nadie le hizo caso, porque a los gatos, no se les escucha muy a menudo.

El lunes quien se dio cuenta de que algo pasaba, fue Viceversa, la hija del rey.

Ella estaba más que orgullosa de su larga y enrulada cabellera, ese día despertó con un pelo que le caía como lluvia sobre los ojos y los hombros.

—¡Mis rizos! —se lamentó. Pero más fuerte protestó el joven Gris, su hermano mayor, cuando se vio en el espejo con la cabeza repleta de rizos oscuros con reflejos rojizos.

Aunque el más perjudicado fue don Dela-sombra, el rey del lugar, pues de la noche a la mañana, las lurias se llevaron todo su pelo, para ponerlo quién sabe dónde.

—¡Ya mismo llamo a los fumigadores! —gritó.

Y entonces, desde Alcitrón, el reino vecino, llegó una camioneta gris, con señores de traje blanco y máscaras negras.

Provistos de grandes mangueras arrojaron por todo el pueblo un humo que hizo estornu-dar a todos. A todos, menos a las lurias que siguieron allí como si tal cosa.

—Macario —le dijo entonces el rey al joven inventor del pueblo—: ¿Por qué no inventa algo para ahuyentar a esos bichos?

El joven se encerró en su carromato tres días y cuatro noches y por fin salió con un aparato lleno de cables de color amarillo.

—No hay como el amarillo para ahuyentar lurias —festejó de entrada el hadabuela Sol.

Macario lo encendió y el aire se llenó de un ruido capaz de espantar al mismísimo diablo.

Cuando por fin terminó todos se quitaron las manos de las orejas.

—¿Y qué paso? —preguntaron.

—¡¡¡Resultó!!! —gritó Viceversa con su cabeza nuevamente llena de rulos. Todos se pusieron a festejar:

"La, la, la, la. No hay más lurias en este lugar", cantaron felices.

—¿No hay lurias? —dijeron los sapos—. ¿Y
qué vamos a comer?

Así que, esa noche, los sapos abandonaron el
reino, en busca de un horizonte más favorable.

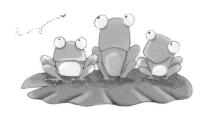

—¿No hay más sapos? —dijeron los dragones—. ¿Y qué comeremos?

Y esa madrugada, los dragones dejaron el lugar en busca de sustento. A la mañana siguiente, cuando despertaron los habitantes, notaron
que se habían quedado sin lurias, sapos ni dragones.

Y ese mediodía, la plaza se llenó de unos insectos muy feos que se comían todas las plantas.

—¿Qué sucedió? —se preguntaron todos.

—Me temo que armamos un lío —admitió Macario—. Al ahuyentar a las lurias, espantamos también a los sapos que se alimentan de ellas y a los dragones que comen sapos y, a su vez, llegaron otros insectos que antes eran combatidos por las lurias. Ahora, sin ellas, se dan un festín.

—Terminemos con todos —dijo entonces don Saúl, el cuidador de la plaza.

—Lo mejor será que hagamos regresar a las lurias, los sapos y los dragones —propuso el hadabuela Sol, la más sabia del lugar.

Todos estuvieron de acuerdo.

Ese verano fue el más lindo de todos, lleno de paseos a vuelo de dragón, helados, lurias, serenatas de sapos y de grillos, moscas, mosquitos, chapuzones y fiestas a luz de la luna.

Por fin llegó el otoño y tras él el invierno. Y las lurias, como es sabido, detestan el frío, y se marcharon en busca del sol.

Los vecinos suspiraron aliviados y casi todo regresó a la normalidad, el pelo de la princesa volvió a ser enrulado, y lacio el del príncipe. El rey, no recuperó su cabello y el gato quedó de color blanco, pero nadie le hizo caso porque a los gatos no se les escucha muy a menudo.

A pilas

Duz, el delfín del gran mar, vio un tubito flotando entre las olas. Duz era muy inteligente, como todos los delfines, y supo de inmediato tres cosas:

que eso no era un pez, que eso no era una planta, y que "eso" no era bueno.

Llamó a su mamá.

—Déjalo —dijo la mamá delfina—. La corriente se lo llevará. Solo espero que no vengan más tubitos como ese por aquí.

Pero esta historia, que no termina así, no comienza acá sino en la habitación de Nina y Nicolás.

El león de felpa fue el primero en verlo:

—Es gris, grande y tiene casco —anunció.

—¡Gris, grande y con casco!… ¡uff, otro guerrero! —resopló el oso.

—¿Qué tienes contra los guerreros? —se enojó Max, el luchador.

—¡Chist!, no peleen —los calmó la danzarina—. Recibamos como corresponde al nuevo.

Nina entró corriendo, puso al "nuevo", que estaba brillante y reluciente, como todos los recién llegados, en el piso y le tocó un botón.

De inmediato el cuarto se llenó de un ruido agudo, chirriante en clave de fa.

—Nina, ven un minuto —se escuchó la voz de Filomena, su mamá.

La niña se dio media vuelta y dejó "al nuevo" con su redoble incesante.

—¿Cómo te llamas? —le preguntó a los gritos la danzarina.

—UUUU —fue la monótona y ensordecedora respuesta.

—¿UUUU? Qué nombre extraño —se asombró el perro de pañolenci.

—¿Qué te sorprende? Tú te llamas Grrr.

De pronto, Nicolás entró como una tromba.
—¡Nina! —gritó— ¡no lo vuelvas a tocar! —Y apretó el botón del juguete antes de marcharse.

El ruido cesó de inmediato.

—¡Al fin! —suspiraron todos.

—Al fin —suspiró el nuevo—. No soy UUUU, aún no tengo nombre.

—No te preocupes, pronto te van a elegir uno, yo soy Doñaneja —se presentó la coneja de felpa.

En ese momento, llegó Nina en puntas de pie y con los bolsillos llenos de cucharitas.

Miró hacia los costados, tomó el juguete, pero, para alivio de todos, no lo puso en marcha, le presentó a las cucharitas y comenzó a jugar.

Y esa tarde "el nuevo" fue nave, fue gigante y fue robot. Las cucharitas fueron duendes, fueron hadas y princesas con flores de alelí.

Y cuando el nuevo invitó a Doñaneja a bailar, se oyó el sonido de la llave contra la puerta.

Nina dejó el muñeco como lo había encontrado, guardó las cucharitas en el cajón de los juguetes y corrió a saludar a su papá.

—No habrás tocado mi robot —dijo Nicolás a modo de saludo.

—No —mintió la niña.

—No encuentro las cucharitas —comentó la mamá—. ¿Dónde las habré puesto?

Mientras tanto, Nicolás y el papá se pusieron a jugar con el nuevo robot. Este anduvo un buen rato al compás de su chirrido, por el comedor cuando de pronto se quedó quieto, inmóvil. ¿Qué sucedía?

—Se le terminaron las pilas, mañana te traigo otras —dijo el papá y arrojó las pilas viejas a la basura.

Esa noche los basureros dejaron las bolsas en el basural. Esa madrugada comenzó a llover

y la lluvia arrastró las pilas al lago, la corriente las llevó al río y finalmente llegaron al mar.

Esa mañana en el cuarto, Nina, el robot ya con un nombre: Bonzo, pero sin pilas; el oso y las cucharitas, inventaron muchos juegos.

Bonzo fue camión, fue nave, fue príncipe y dragón, las cucharitas fueron viajeras, bailarinas y amigas del robot. Esa tarde, el papá llegó con Nicolás de la escuela y una novedad: traía una cajita con pilas dentro.

—¡Miren el nuevo invento de Macario!, ¡son pilas recargables! —explicó—. Cuando se gastan se recargan y se vuelven a poner.

Resultaron muy útiles para el control remoto de la televisión, porque Bonzo no se las quiso poner. Nicolás lo entendió y jugó con él a los guerreros imbatibles y furiosos corsarios de metal.

Esa noche comieron el flan con cucharas de sopa.

—No encuentro las cucharitas por ningún lado —explicó la mamá.

Y Nina, que recordaba donde estaban, no dijo nada porque sabía que ellas querían ser hadas, querían ser duendes y princesas con vestidos largos y flores de alelí.

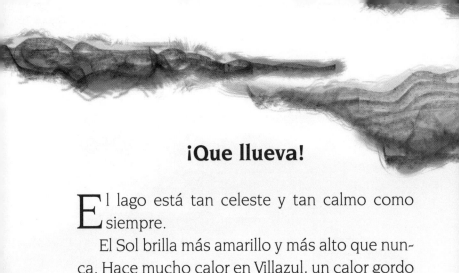

¡Que llueva!

El lago está tan celeste y tan calmo como siempre.

El Sol brilla más amarillo y más alto que nunca. Hace mucho calor en Villazul, un calor gordo que flota pesadamente entre los girasoles, los jardines y el maizal.

—Uff, ojalá llueva —suspiró el rey secándose la frente.

—¿Lloverá? —Se preguntaron Eliseo y Nicolás mirando el cielo desde la plaza.

—Ojalá llueva —dijeron las plantas y los árboles y los pastos de todo el lugar.

De pronto, el viento se puso a soplar, y apenas lo oyó, la bruja Úrsula se encerró en su cueva y los pajaritos comenzaron a cantar: "Que llueva, que llueva…".

Las gotas del lago se prepararon para volar al cielo y juntarse en nubes.

—A la una… —dijeron— a las dos y a las… TRES.

En un rato, el cielo ya no se veía de color celeste, sino blanco, gris y un poco negro.

—¿A dónde la llevo? —le preguntó el viento a una nube gorda y pesada.

—Al campo de girasoles —contestó la nube.

—Allá vamos.

—Y usted, nube blanca, ¿adónde quiere ir?

—Si es tan amable, lléveme hasta el pueblo, que las flores de los jardines y los árboles de las plazas tienen mucha sed.

—Cómo no. —Sopló el viento.

Entonces le tocó el turno a una nube chiquita y blanca llamada Nubecina.

—¿Adónde la llevo?

—Quiero volver al lago.

Siempre contestaba lo mismo, sus amigas, las otras nubes la llamaban: "¡Nubecina! ¡Ven con nosotras! Vamos al bosque a trepar por las raíces del nogal".

O bien:

"¡Ven Nubecina! Vamos al jardín a convertirnos en flores".

Pero ella siempre contestaba que no, porque le daba mucho miedo regresar a otro sitio que no fuese el lago que conocía tan bien.

El viento comenzó a soplar más fuerte.

—¿Están preparadas?

—¡Allá vamos! —gritaron las nubes.

—Truena —dijeron todos los habitantes del pueblo.

Y las nubes cayeron como lluvia sobre los campos y las casas, sobre los jardines y los patios, sobre la cueva de Úrsula y el bosque de pinos, sobre el lago azul y el pasto verde.

Y llovió y llovió.

Al día siguiente amaneció soleado y un poco fresco.

—Qué lindo que está hoy —dijeron los chicos.

Nubecina navegó por el lago otra vez convertida en agua.

Llegó la noche y todos se fueron a dormir, hasta el viento agotado se fue a descansar. El lago quedó quieto. Muy quieto.

De pronto apareció una sombra oscura en medio de la noche, Nubecina lo reconoció: era Trujo, el mago brujo que llevaba una bolsa tan negra como su capa y su sombra. Nubecina lo vio abrirla y arrojar el contenido al lago. Luego, veloz como un rayo, se perdió en la noche.

—¿Qué es eso? —se preguntó la nube acercándose a la orilla.

—Ufff... qué mal huele.

A la noche siguiente la escena se repitió: apenas todos se fueron a dormir llegó el mago brujo y arrojó basura al agua.

Pasó una noche, pasaron dos, pasaron tres. Tras las visitas del mago, el lago ya no parecía ni celeste, ni azul, se veía negro grisáceo, verde sucio.

—¡Qué brujo tramposo! —comentó don Sapo una mañana.

—¿Usted también lo vio, don Sapo? —le preguntó Nubecina—. ¿Qué hace?

—Arroja su basura al agua.

—¿Y por qué?

—De puro haragán que es, todos en el reino han aprendido a reciclar, a separar la basura en varios potes y a esperar el turno de sacarla, pero como él no quiere molestarse; ya ve, hace trampa.

—Eso está mal —murmuró Nubecina—. Muy mal.

Y volvió el calor gordo y pesado al reino. El Sol comenzó a calentar el lago, llamando a las gotitas para que vuelvan a subir. Pero estaban todas tan sucias que les costaba volar por el aire.

—Uff —protestaban—. Estamos pesadísimas…

—Es por la basura que tiró el brujo. —Les explicó Nubecina y les contó lo que había visto—. Pero no se preocupen —les dijo— porque tengo una idea genial. Escuchen…

Por fin, con gran esfuerzo las gotitas pudieron elevarse y unirse en nubes, en negras y sucias nubes.

—¿Qué les pasó? —se sorprendió el viento al verlas en ese estado—. No se ofendan, pero ¡están roñosas!

—Fue culpa de Trujo, el mago brujo. —Le contó Nubecina y luego le pidió—: ¡Viento, nos tienes que ayudar!

—Por supuesto. ¿Qué hago?

—¡Sopla bien fuerte y llévanos a todas en esa dirección!

Entonces el viento sopló hacia el este.

—Detente acá —dijo Nubecina al ver la casa del mago. Las nubes se posaron justo sobre el tejado de Trujo.

—¿Están preparadas? —preguntó Nubecina—. ¡Listas, ya!

Y juntas soltaron todas las bolsas de plástico, todas las latas, todos los papeles, todas las cáscaras, todos los carozos, las pilas y los viejos botones.

El brujo vio cómo toda la basura que había arrojado al lago caía como lluvia sobre su casa y su patio.

—¡¡Qué está pasando!! —gritó— Ay… ¡Qué hago ahora!

—Vas a tener que reciclar. —Le dijeron Macario, el inventor y la princesa Viceversa que pasaban por allí.

—¿Trabajar yo? ¿Reciclar? ¡Ay!, ¡es mucha basura! —Se desesperó el tramposo brujo.

—¡Ahora sí! —gritaron las nubes grises y las nubes blancas, limpias de basura, llenas de agua limpia—. ¡A llover!

—Vamos al campo —cantaron unas.

—Nosotras al bosque —anunciaron otras.

—¡A las plazas!

—¡Al pueblo!

—¿Y usted Nubecina? —preguntó el viento—. Vuelve al lago, ¿verdad?

—No. Quiero ir a ese jardín.

Y todas las nubes cayeron como lluvia sobre el campo y sobre el bosque, sobre las plantas y los árboles.

Y llovió y llovió.

Nubecina cayó en la tierra húmeda del jardín de la abuela Sol.

—Está muy oscuro acá. —Se asustó al principio, pero de pronto vio una semillita redonda y amarilla—. Allí voy —se dijo.

Y pasó tiempo, pasaron días de sol, días de nubes, días amarillos y días azules.

Por fin, una mañana, Nubecina se asomó hacia el pasto.

—Hola, Nubecina —la saludó el Sol.

—Nubecina, ¡qué suerte verte! —Se alegró su amigo el viento.

—Qué linda estás —le dijeron todos—. Te queda precioso tu nuevo traje de flor.

El mago brujo, todavía está reciclando la basura que arrojó, solo le falta juntar tres mil cuatrocientas cáscaras, quinientas botellas y ochocientos mil papeles para terminar.

—¡Uff! —protesta y protesta mientras recicla latas, junta papelitos, y limpia la huerta para que crezca el maizal.

El mapa del tesoro

Un día el hadabuela Sol, madrina de la princesa Viceversa, y su ahijada decidieron limpiar el viejo desván del palacio.

Y así entre abrigos, sillones, jaulas vacías y relojes sin cuerda, la princesa encontró un cofre azul.

—¿Qué es esto? —preguntó y, antes de que su madrina pudiese responder, quitó la tapa y vio un sobre que guardaba un plano amarillento.

—¡Madrina ven a ver esto! —llamó.

El hadabuela se puso los anteojos y tomó el papel.

—Ah…, sí, me lo obsequió hace mucho Morg el pirata, en agradecimiento porque lo salvé de la furia de una sirena enojada. —Hizo un gesto como alejando el recuerdo—. Una historia vieja y muy larga.

Un plano, un cofre, un pirata. Solo había una posibilidad. ¡Es el mapa de un tesoro!

—Madrina, ¿por qué nunca lo buscaste?

—Por alguna razón, que no logro recordar, decidí que era mejor guardarlo. Luego el tiempo fue pasando y finalmente lo perdí de vista.

Viceversa volvió a mirar el papel amarillento.

—¿Puedo buscarlo yo?

—Pues claro —dijo el hadabuela.

Y sin esperar ni un minuto, la joven salió corriendo con pala en mano. No lo haría sola, decidió avisar a todos sus amigos.

La búsqueda de un tesoro no es algo que suceda todos los días, es un acontecimiento especial, por ello el aviso se volvió clamor e inundó el reino entero. En unos minutos la plaza se llenó de azulenses que llegaron provistos de picos y de palas disfrutando de antemano los collares de perlas, las coronas de diamantes, los anillos de rubí.

Lo primero que debían hacer era desentrañar las indicaciones ambiguas, oscurecidas por el tiempo. El mapa, ya amarillo, señalaba sitios que habían mudado de aspecto, de nombre o que simplemente habían dejado de existir.

"Doblar a la derecha del árbol y seguir diez pasos...". ¿Cuál árbol? ¡Había cientos! ¡Pues el más antiguo! ¡Debe ser el algarrobo que es centenario! ¡Sí, pero hace cincuenta años una tormenta feroz tumbó un bosque entero! ¿Cómo saber si no se refería a uno de esos?

Como las indicaciones eran tan poco claras, no quedaba otro remedio que revisar el pueblo entero.

—Formemos varios grupos —propuso el rey, don Delasombra.

—Un momento —quiso saber don Pepe—. ¿Qué pasa si un grupo encuentra el tesoro? ¿Se lo queda?

—Sería lo justo —opinó don Rodrigo, el panadero.

—No estoy de acuerdo —terció Macario, el inventor.

—Claro que no, lo justo es que me lo quede yo —afirmó don Delasombra

—¿Y eso por qué? —le preguntó doña Lola.

—Pues porque yo lo ordeno.

—¿Y usted quién es para ordenarlo?

—¡Soy el rey!

—¡Si es por eso yo soy la reina! —exclamó Sombra Espesa.

—Soy la dueña del mapa —intervino Sol— decido que el tesoro, en caso de que exista, sea repartido entre todos o buscado por nadie.

El hadabuela había hablado y todos acataron sus palabras.

Agrupados en diferentes equipos emprendieron la búsqueda.

Todo fue examinado, removido, inspeccionado. Sótanos y placares, plazas y fuentes, bancos y estatuas, decenas de grupos recorrían las calles revisando rincones y recovecos. Las clases se habían suspendido porque chicos y maestras estaban abocados a la frenética búsqueda.

Una mañana llamaron a la puerta del hadabuela.

—Sol, su casa aún no ha sido revisada. ¿Podemos pasar?

Mientras chicos y grandes ponían todo patas arriba la abuela exclamó:

—¡Ahora recuerdo el motivo por el cual escondí el plano!

Al cabo de unos días no quedaba en todo el pueblo rincón sin revisar. Playas y sótanos, altillos y parques, terrazas y balcones. Los más intrépidos llegaron hasta la cimas de las montañas más altas. Pero el tesoro seguía sin aparecer.

—¿No estará debajo de las colinas? —se le ocurrió preguntar a alguien.

—¡Epa!, pero ¿cómo buscaremos allí?

"¡Dinamitémoslas! ¡Volémoslas! ¡Corrámoslas de lugar!".

—Buena idea —exclamó el rey y mirando a Macario pidió—: ¿Puede inventar algo para quitar las colinas?

Por suerte, antes de que el joven pudiese responder, se oyó la voz de Leandra, un hada amiga de Sol que había sido invitada especialmente para ayudarla a frenar esta locura.

—¿Acaso pretenden destruir el pueblo? ¡Deténganse de una vez!

—Disculpe usted, doña Lea pero no cesaremos hasta hallar el tesoro —repuso el rey.

—¡Hay un lugar al que no fuimos! —exclamó entonces Viceversa.

Era cierto, aún no habían llegado a la última planicie que quedaba en las afueras, casi en el límite con el pueblo vecino.

—¿Qué esperamos? —preguntó el rey.

Todos los habitantes marcharon, provistos de picos, palas, codicia y esperanza. Pero cuando llegaron al lugar se quedaron mudos, con la boca abierta y los ojos enormes. Vieron con estupor, que la última planicie se había convertido en un horrible basural.

—¿Cómo vamos a cavar aquí?

—No nos desesperemos. Solo tendremos que organizarnos —dijo Viceversa, y luego se dirigió a los basurólogos—: ¿Podrían examinar el terreno para apartar todos los elementos peligrosos?

—Necesitamos nuestros guantes y trajes —exclamaron.

—Puedo ir a buscar todo lo de mi último invento: la bicicleta con motor que no necesita combustible, la batería que se carga con el pedaleo y…

—Está muy bien —lo interrumpió Lila— lo felicitamos y aceptamos la propuesta.

Un rato después, protegidos por sus trajes, los basurológos apartaron los desperdicios peligrosos.

Pero aún quedaban montañas de basura.

—Ahora entre todos separemos los vidrios de las latas de aluminio, los papeles de los cascotes. —Indicó la princesa.

Todos los habitantes se abocaron a la tarea.

—Ahora que lo pienso, ¡estos vidrios me van a venir muy bien! —dijo Juan—. Usted había inventado algo para convertirlos en botellas ¿verdad? —preguntó a Macario.

—Por supuesto. ¡Y en floreros y en ventanas!

—¿Y podrá inventar algo para que yo pueda convertir estos papeles viejos en cuadernos nuevos? —preguntó Francisco, el fabricante de cuadernos.

—Cuente con ello —afirmó Macario.

—Pues entonces yo quiero las latas de aluminio —dijo Paco— ¡voy a fabricar ollas!

—¿Y las cáscaras de frutas? —preguntó Nico— ¿las puede transformar?

—No creo que pueda —dijo Pablo el jardinero— pero son muy útiles para fertilizar estas tierras.

Y así, después de muchos días de largo trabajo, la última planicie quedó impecable.

—Ahora sí, por fin podemos buscar el tesoro —propuso Viceversa.

Y esa tarde, se pusieron a cavar, cavaron y cavaron, un hoyo, dos tres, nada… De pronto:

—¡Toco algo! —gritó Macario.

—A ver…

—¡Un cofre!

—¡Lo encontramos! —Todos se abrazaron entusiasmados—. Saquémoslo.

—Es pesado.

Entre todos sacaron una caja grande de hierro. ¡El tesoro!

Pero al abrirlo… ¡Ay!… adentro no había rubíes, ni esmeraldas, ni diamantes… Solo unas bolitas marrones cubiertas de tierra.

—¡Tanto esfuerzo para nada! —gimió el rey.

—Me dan ganas de llorar —sollozó Sombra Espesa.

—Por lo visto todo fue una horrible broma del pirata. Pero ¿por qué haría algo tan cruel? —preguntó intrigado, Nicolás.

—¡Así son los piratas! —El enfado del rey llegaba a la Luna— ¿qué importa?

—Y ahora, ¿qué hacemos? —quiso saber Nico.

La única que sentía alivio porque la pesadilla había llegado a su fin, era el hadabuela, pero los demás estaban acongojados.

Doña Sol los consoló un buen rato, pero al cabo de un tiempo exclamó:

—¡Basta ya con la tristeza!, hay mucho trabajo por delante: debemos tapar los pozos, colocar bancos y estatuas en su sitio, en fin, ¡arreglar todo el descalabro que esta loca aventura provocó!

Viceversa secó sus lágrimas y obedeció. Para darse un poco de ánimo se puso a cantar, pero las canciones que le brotaron eran ¡tristísimas!

Los demás con desazón, con rabia, arrojaron todas las bolitas que rodaron hasta llegar a los hoyos y luego los cubrieron con tierra.

Finalmente, regresaron a sus casas. El desaliento era una gran manta extendida sobre la tarde. Gran desilusión cubriendo el domingo.

Tanta que por bastante tiempo los azulenses ni siquiera mencionaron el tema. Poco a poco, el pueblo recuperó su aspecto y vida habitual.

Pasaron días, pasaron semanas, pasó tiempo.

Una tarde azul de primavera, la princesa dijo:

—No hemos vuelto al lugar del tesoro.

—Princesa, ni lo mencione —contestó Macario.

—¿Por qué no vamos? —insistió la joven.

—¿A qué?

—No sé. A ver si arrojaron basura otra vez.

—Bueno, vamos —aceptó el inventor—. Avisémosles a los demás.

Ese sábado, cuando llegaron a la planicie...

¡Sorpresa! Lo que antes era un sucio basural, se había convertido en un enorme jardín cubierto de flores y árboles frutales.

—¿Qué ocurrió? —se preguntaron.

—Las bolitas eran semillas y como habíamos fertilizado el terreno, crecieron —dedujo el hadabuela Sol.

—Tengo una idea —dijo Viceversa—. Armemos un parque.

Y así, ese lugar vacío y sucio, se llenó de toboganes, de rulos al viento, de canchas de tenis, zapatillas que suben y bajan, bicicletas y patines, mesas de ajedrez, de abuelos con niños y chicos con perros, familias con sándwiches, sombra fresca en verano y solecito tibio en invierno, tardecitas de domingos y mañanas de sábados, y de muchas risas. Una tarde perfumada, Macario se acercó a Viceversa y le entregó una flor. Ella la recibió con una sonrisa y le agradeció con un beso. Macario, rojo como un tomate, sintió una alegría nueva, brillante indescriptible. Tuvo ganas de saltar y aplaudir. Feliz, levantó la vista y vio el sendero cubierto de mandarinos en flor.

¿Y qué es todo eso junto sino un gran tesoro? Un tesoro de verdad.